푸른 누드, 앙리 마티스

이수영 시집

서정시학

시인의 말

　이제 비로소 삼각형이 완성되었다고 말할 수 있겠다.
　한 변의 이름은 『안단테 자동차』, 다른 변의 이름은 『미르테의 꽃, 슈만』, 마지막 남은 변을 『푸른 누드, 앙리 마티스』라 이름 짓는다.

　꽃등에, 삼각형은 천체에서 생성되었음이라.
　자동차 시와 음악 시 그리고 회화 시는 영속성의 그리움으로 우주 안에
　혹은 우주 밖에서 존재하게 될 것이다.

　맑고 고운 음색으로 아침을 깨우고, 한낮의 태양을 청색조로 위무하며,
　별들의 합창을 연주하게 될 것이다. 사랑하는 당신이 있고, 내가 있는 그곳,
　우리의 청청한 하늘나라에서. 영영히.

2024년 3월 16일 청담초당 이수영

차 례

4부 울음 빛깔로 켜지는 청동 램프

5부 돔 페리뇽을 마셔 볼까요

1부

모나리자, 레오나르도 다 빈치

지구별에 도착한다

샛별

청보석의 눈

미완성 교향곡

중성의 별

열흘 하고도 대엿새

신생아

눈썹 자리에

초승달이 뜬다

누워있는 시인, 마르크 샤갈[*]

목화꽃 만발한 하늘 머리에 이고
망아지 한가로이 풀을 뜯어라
어미 말의 마음도 달고 달아라

나무 그늘 아래 생각하는 중절모
만년필과 스케치북, 바이올린-
시인은 눈으로 그 모든 것 다 가진다

그러나 가진 것 없어라
목화꽃구름 피고 또 피어나고
인생은 흘러 흘러서 가고
시는 인생을 사랑한다

시인은 죽어도 살고
인생은 흘러간다
시인은 살아도 죽고
인생은 시를 춤춘다

---

[*] 가곡 〈누워있는 시인〉, 조용진 작곡, 송기창 바리톤.

작은 집, 로렌 해리스

굴뚝에서 연기 춤춘다
창가엔 램프 불빛 아래
동화책 읽는 낭랑한 목소리
어린아이 곁에는
옥판선지 위에 궁서를 쓰고 있는 엄마

굴뚝에서 연기가 꽃처럼 피어나
불빛 무지개다리 너머
하얀 신작로 더욱 환한 길
유성이 한차례 포물선을 그린다

풀숲에 점점이 돋아나는 별
생명의 별 무리
반딧불이 환호성 깊어가는 밤
엄마의 자장가
꿈의 날개 펼쳐 하늘의 문 여는 밤

백자 양이兩耳잔, 조선 15세기

홀로 있는 아담 외로워
맞은 편에
신부 하와를 세우셨습니다

두 귀가 밝음도 죄입니다
말짱한 분홍 입술로
한 입 죄를 물었습니다

야훼께서 근심하시며
가족을 선물하셨습니다
아담의 잘 생긴 잔에 사랑이 넘치옵니다

금붕어가 물속에서 숨 쉬며 살 듯
카인의 후예들은 죄 가운데 살면서
죄를 밥처럼 먹고
죄를 물처럼 마시며 살고 있습니다

두 귀가 밝음도 죄입니다
두 눈이 밝음도 죄입니다

여인램프, 피카소

새파란 눈동자 당신 안에 내가 살죠
내가 나를 볼 수 없어 하늘은
당신을 거울로 내 앞에 세웠죠
당신의 가슴 속 천사를 사랑합니다
내가 하늘을 숨 쉬는 까닭입니다

비구름으로 만난 그 날
그 황홀을 기억하나요
하나의 빗방울은 하나의 얼굴
늘 그러하듯 우리의 입맞춤은
대지 위에 리라 꽃을 피웁니다

어제도 오늘 내일도
우리 무엇 하나요
키스 키스 키스는 생명입니다
사랑은 흘러 흘러서 목이 마르죠
우리는 여전히 사랑에 목숨을 바칩니다

호랑이와 자라, 이만익

지구별이 말한다
나랑 같이 사이좋게 놀자
우주가 대답한다
나랑 같이 큰 꿈을 안고 살자

메아리 메아리
나랑 같이 놀자아-
나랑 같이 살자아-

금강산 봉래산 풍악산 개골산

동무야, 너는 봉래산이 좋으냐
어머니, 초등학교 적 금강산에 봄 소풍 가셨지요
여보시게
백설 속에 귀만 내민
만물상의 하얀 침묵
개골산은 어떠신가

자라가 목을 내밀다 들어간다

푸른색의 화산, 앙드레 브라질리에

얼마나 큰 괴로움 있어
난초는 죽을 힘 다해
꽃대를 밀어 올리나
꽃향기로 말을 하나

얼마나 크나큰 슬픔이면
어린 왕자, 저 별에서
하루에
해넘이를 마흔네 번이나 보나

그런데 말이야
결국에 가서는 인간도
짐승보다 나을 게 없다는 거야-
만물의 영장이라고? 인간이?

먼 길 떠나는 사람
눈물에 어리는 어린 왕자의
난초 꽃대 한 줄기

빈센트의 의자, 빈센트 반 고흐

그리움 무진장 하늘에 심었습니다
그 가없는 씨알들 죽었다 살아나
지상으로 쏟아져 내려 옵니다

메말라 속이 타들던 산천초목
소스라치며 놀라 반갑다 얼싸안고
서로의 등을 쓸어줍니다

물이고 눈물인 그리움의 육각형들
물길을 만들며 농토를 적시며
흘러가는 것들은 깜깜합니다
큰구슬우렁이 속같이 캄캄합니다

그리움 무진무진 하늘에 심었습니다
가슴 한복판,
나의 볼케이노를 위하여
사람인 내가 하는 일입니다

활화산을 안고서
내 입술에 키스하는 파이프
그 재규어파이프가 하는 일입니다

시대의 빛과 바람, 변시지

빛과 바람이 초가지붕 위
돌담 위에 정지간에 새파랗게 엎드려 있다
천둥 번개가 서로의 심장을 물어뜯는
한낮의 공중전, 그 찰나에도
어미의 뱃속에서 세상 구경 나온
망아지, 몇 올의 갈기가
하염없이 비바람을 견디고 섰다

저 앞바다엔
풍랑 속 통통배 하나
키를 잡고 사투를 벌이는 주인님
마침내 조랑망아지 눈물샘이 열린다

남루의 빛보라
입안에서 구르고 달리고
점프하는 말,
꽃으로는 환생 불가한
시대의 언어
빛의 언어, 바람

폭포, 에릭 오어

미끈한 대리석 몸
볼록무늬 살점 여나문개
오목무늬 살점
뒷짐 지고 뒤로 한 발
두 팔 나란히 앞으로 두 발자국
양각에서는 천천히 한 순배 돌고
음각에서는 빠르게 하나둘 셋 넷
노래는 이렇게 하는 거야
빛살 감은 온몸으로 말하면서 그대
어둔 그림자를 그물에 가둔다
섬강에 푸르륵 그물을 날린다
반짝이다가 스러지는 어둠이다가
지금
『중용』을 다시 읽고 있는 거니?
미이라 디디파스테드의 눈물을 보고 있는 거니?
폭포를 지켜 선 소나무
대답 없고, 저 혼자 푸르른 양
시월 상달을 숨 쉬고 있다
오목과 볼록의 앙상블

춘색, 이준

제트기
하얀 신작로 한 줄
기다랗게 끌며 하늘길 간다

오리 한 마리
레이더 수평선 한 자락
물고 헤엄쳐 간다

골목길
칠억칠천삼십사 굽이를 돌아
아몬드꽃 위에 우리

2부

이카루스, 앙리 마티스

흰 새가
발코니 창턱에 앉아
이상의 날개를 읽는 아침
'박제가 되어버린 천재'를 읽는 대목에서
콩테 크레용 검은색을 집어 든다
앞가슴에서 시작해
배꼽을 지나 꼬리까지
검은 줄무늬를 스윽 칠한다
제일은 굵게 뚱뚱하게
제이는 가느스름하게
제삼은 돋을새김으로 우아하게
하양이었다
검정이었다
날마다 아침이면 그 시각
발코니 창턱에 앉아
날개를 읽는 검은 줄무늬 흰 새
묘령의 새 한 마리

흰색 위의 흰색, 카지미르 말레비치

몰약 나무 어린줄기
새파란 지름은 3mm
스스로 징얼거리는 밤이 오면
일곱별은
가녀린 잎사귀를 위해 알토플루트를 연주한다
노래 부른다
신생아의 살 내음
온 누리에 그윽한 이 밤
춤춘다
동방박사 발타자르와 함께
기도의 나이테 돌리며
그리움은
몰약의 언어로 발그레 익어간다
꿈꾸어라
새파란 줄기 지름은 삼 밀리미터
나의 첫사랑이자 마지막 사랑

두 여자, 박수근

메조 소프라노
목소리 도착하지 않았다
-몇 날 지나면 귀 빠진 날이다
-내일은 네 생일이에요!
-오늘 생일 국 먹었니?

무심한 말괄량이에게
때와 이치를 반듯하게 일러 주다
해마에 문제가 생겼나
이제는
이별 연습이라도 하려는 것일까

필라멘트 끊어진 백열전구 모양
캄캄한 세상
우울의 꼭짓점에 서서
나의 시는 어디로 가야 하나

나는 침묵한다
엄마의 침묵은 사망 선고다

부부, 이중섭

알파와 오메가
예루살렘의 니카노르 문 Nicanor Gate

갈빗대 하나 내어준다
그 갈비뼈 사이사이 인을 친 듯
붉고 흰 살점들
하나가 둘이 되고 둘은 다시 넷이 된다
시간은 말없이
우리 등 뒤로 지나가고
깊고 푸른 밤하늘엔 황소자리
알데바란 별 Aldebaran

엠마오 가는 길의 상징
엠마오 가는 길에 만난 꽃의 부활
길 위의 길
은지 위 그림 역사

부활의 노래
예루살렘 성전의 아름다운 문

가족도, 이만익

30개월 나이
앤디가 하는 말
-내가 어렸을 적에 빨간 딸기를 많이많이 먹었지 그렇지?
스크렘블드 에그를 스푼으로 떠 입에 넣으며 질문합니다
-달걀이 치킨의 엄마야?

프리스쿨에서
점심 시간에 피자를 먹으며 하는 말
-죽는 거 같은 맛이야!

오, 나의 왕자님!
꽃눈 같은 앤디, 창 밖
매그놀리아 몇 번이나 피어나고
또 피어났지요

2023년 9월
대학교 1년생, 후레쉬맨입니다
지금도
꽃눈입니다, 앤디!

자화상, 엘리자베스 소피 쉐롱

불가항력이 내 삶에 개입된 날
사느냐, 죽느냐
사경을 헤매고 있을 때
거룩한 손이 나를 콕 집어
상토에 꽂아 놓았다
모체에서 떨어져 나온
천생 고아
바싹 말라 있던 입술로
죽을 힘을 다해 물을 빨아올렸다

광합성의 기적으로
어린 이파리에서 뿌리가 돋기를
성체의 싱그럽고 넉넉한
엄마처럼
엄마처럼 신비로운 그 몰약 향내

나의 몰약
찬란한 그늘을 꿈꾼다
그 거룩한 손바닥 안에서
하늘을 향해
고개 들고 서 있다

빨강 노랑 파랑 검정이 있는 구성, 피에트 몬드리안

겹작약 연분홍 입술 방시레하다
그 연분홍 입술 안에
새하얀 치아 같은 어여쁜
입술이 또 하나 포개져서는
붓꽃 청보라
수술들과 어우러져 노래한다

탯줄에 달려 나온 신생아
거룩한 외마디 폭발음
소리는 입술에서 입술로 전파된다
푸성귀들도 그런 유전인자,
풋고추 어린 흰꽃 겸손의 음색
방울토마토 노랑꽃 수줍음의 음정
새로이 태어난다, 낙원의 비트 beat

하늘 땅
인류에 고하는
겹작약 분홍빛 송가

큰 새와 검은 얼굴, 피카소

시고 떫은 절기 지나
때론 사이클론을 견디면서
엄한 백색 계절
그 어디에
그대와 나의 섧운잠 가만히 펼쳐 놓을까
총천연색 꿈길 그 어디쯤에서
그대의 갈색 머리칼 곱게 땋아
올림머리 해드릴까

기다리는 시간 자리자리하다
씨방 하나 마련하는데 걸리는 시간이라니
오, 아무래도
그대를 놓칠 듯싶다
나를 바라보는 그대의 눈빛이 눈빛이

암술의 닻
수술의 돛

about Dalma Dalhangari, PARK JINO

내 영토가 사라져 간다
내 편이 떠나간다
뭉텅이뭉텅이 잘려나간다

더욱 홀가분해지기 위해
남아 있는 것
가여운 것들을 버려야 산다

열차는 출발한다
몰약나무 잎새 향기로움 저편
미르 우주 정거장 그 너머로

달항아리
눈물
조요한 새벽

열차는 출발한다
기적을 울리면서
사람 마음 빛 고운 날

달마의 시간
애도의 애도를 위한 시간
봄도 아니고 겨울도 아닌

생명의 나무, 구스타프 클림트

차준환
그의 여덟 살을 본 적 있다
엉덩방아를 찧어도 고꾸라져도
무슨 일 있었어?
금세 일어나 내달리고 뛰어오르고
다음의 춤사위로 도약하던 일
그 어린 영혼의 세련된
천진성의 평화
(나의 자주색 피겨스케이트도 그랬다)

그 상처들,
2022년 동계올림픽 베이징에서
4회전 살코 점프를 성공시킨 힘이다
나비처럼 날아서
이나 바우어 Ina Bauer

긴 다리와 다리 사이로
카이로스의 강물이 흘러간다
긴 팔과 팔 사이에
구원의 시간이 머물고
준 바우어, 피겨스케이팅

충무공 이순신 장군상, 김세중

— 2023. 01. 03.

제자: 엄청 잘 지내고 있습니다

스승: '엄청'? 그 말 좋은 말이군요.

　　　시를 지으면 좋겠네.

　　　그래, 어떻게 엄청 잘 지내고 있는가?

제자: 잘 먹고, 잘 자고, 잘 놀고 있습니다.

　　　시놀이도 재미있게 하면서요.

　　　밥이 엄청 맛있어요 미술관에 가고요.

　　　자동차 시집과 음악 시집을 냈으니,

　　　그림 시집도 한 권 엮으려고 준비하고 있습니다.

　　　며칠 전에는 발레 호두까기 인형을 또 보았어요.

　　　그리고 음- 선생님 생각도 하면서요- 눈물 납니다.

스승: 이제 나는 병들고 아픈 몸.

　　　그래 제자들은 다 제 자리에서 잘 있어야지. 잘 지내야지.

　　　그래야지- '엄청' 이 말로 시를 지어봐야겠다.

　　　이수영 시인도 시를 지어 봐요-

충무공 이순신 장군께서 수염을 만지시며 빙그레 웃음을 지으셨다.'

---

* 나의 시집 『안단테 자동차』가 출간되어 받아보신 김남조 선생님께서 한 말씀 하셨다. "시집의 새
　로운 지평을 열었다. 전 세계적으로 이러한 시집은 아마도 없을 것이다."
　어느 날, 선생님과 함께 예술의 전당 음악당에 갔다(김지윤 시인을 뜻밖에 만났다.). 자동차가 주차장
　에 멈춰 섰다. 잠깐, 하시더니 가방에서 피칸파이 두 조각을 꺼내 나의 손바닥 위에 놓으셨다. "한
　국에서 제일 맛이 좋을 것이다, H호텔의 피칸파이는." 나는 'PASTRY BOUTIQUE'의 피칸파이를
　좋아한다. 음, 최고로 여기고 있는데, 선생님의 피칸파이도 선생님을 닮아 격조 있고 품격이 높았
　다. 출출할 터이니 지금 이 자리에서 바로 먹어야 한다고 말씀하셨다. 오랜 옛날, 내 조모님 모습
　그대로였다. 사람이든 사물이든 저의 성질과 품격은 저대로 가지고 있다는 생각이 든다. 아름다
　운 거장, 김세중(김남조 선생님의 부군) 편에 선생님과의 추억 한 장면을 귀하게 여기에 적는다.

3부

하얀 십자가, 마르크 샤갈

양 한 마리
빈 나무의자 앞에 꿇어 엎드러 있다
흰 사닥다리 위에 흰 눈은 내리고
아, 나는
사닥다리에 올라갈 믿음을 도둑맞았다

사랑도 가뭇없이 사라지고
소망 또한 반벙어리
빈 의자엔 하얀 슬픔이 한 켜 두 켜
순결만 무색하게 나려와 쌓인다
세상은 어지럽고 어지러워

하얀 십자가 홀로 빛나는 시간
입때 오지 않는
주인을 기다린다
그 발치께에 엎디어 통회기도 한다
어린양 한 마리

푸른 오월, 정창기

눈물 한 방울
온몸에 흙을 뒤집어쓴 채
벌벌 떨며 폴짝, 청개구리 연두살

청개구리의 오분의 일
더듬이 숨기고 눈 감고
죽은 척한다, 달팽이

비단향꽃무 그 비밀의 향기에 취해
핑크제라늄 꽃말에 넘어간다
양귀비를 애인으로 착각한다

고요한 땅에 꽃삽을 들이댄 죄
혈관 속 죄의 꽃들이
무지개 색깔로 피어난다

스러지고 또 피어나고, 온밤을
내가 나 스스로
내 안에 나를 묻어야 하는 밤이다

사랑의 노래, 조르조 데 기리코

움직이시게
상처를 어루만지고
곯은 배 달래기 위해
발버둥이라도 치시게
나 진정 그 발에 걸려 넘어지고 싶소

꿈이라도 꾸시게
총천연색 꿈
그 꿈속에서 나
빵이고 싶소, 암소이고 싶소
벌이고 싶소, 오로지 청아한
그대의 샘물이면 좋겠소

마리아, 아베마리야-
성모송이 흘러나온다
던전, 지하계단에서
오늘 이 저녁
성모송을 듣고 있다

가을 강물, 작곡가 김상균

— 2022. 09. 05.

고운 음색의 (데모)테너는 누구입니까?
-접니다.
오, 학생 제자인 줄 알았습니다.

살빛은 사과빛
가을 사과
웃음기 풋풋한 이십대-
미완성의 얼굴,
촛불처럼 제자리
둘레도 맑고 곱게 밝아요

음악은
신이 내린 전쟁터의 선물
아름다운 병기입니다

가을 강물, 바리톤 송기창
— 2022. 09. 05.

기다림은 살아남아
상징의 꽃을 피우나니
칼랑코에,
새 나라의 문을 열며 나아간다

그리움 알알이
하늘꽃으로 피어나니
마다가스카르에서 시작해
오대양 육대주로 달려나간다

영원을 연주하는 신에게
하늘 문고리 허락하는 미카엘
황금노래 심장으로 화답한다
살아 숨 쉬는 악기 영혼으로 경배한다

수태고지, 산드로 보티첼리

바람의 말

비밀의 열쇠
비밀의 문에 꽂힌다
사람은 결코 해독 불가한
상형문자
그물에 걸려 날생선처럼 팔딱거린다

아름다운 이 세상 건너기 위한
영생의 그물
십자가 인류의 숫자만큼 촘촘한 그물
태초부터 그 자리에 있었다
십자가 그물

천지개벽 아니다
너와 나
우리를 위한 그물
부활의 그물
야훼의 꽃그물

더 리스닝 룸, 르네 마그리트[*]

나의 출생은 더 리스닝 룸
사과에서 탄생
사과는 빛의 제국
겨울비, 골콩드의 신세계
피레네 성을 시험하는 무중력
반어반인의 집합적 발명

무의미 시를 읽는다

잘 생긴 사과를 쪼개는 이,
그대는 사람의 아들이다
잘생긴 사람을 찢어발기는 저 이,
해석하지 말아야 한다
먹을 수도 없는 사람을
사과처럼 먹으려 칼을 대다니

레슬러의 무덤을 읽는다

---

[*] 르네 마그리트의 작품 제목들로 구성된 시.

고갱의 의자, 빈센트 반 고흐

50번 영동고속도로
왕복 2차선이었을 적,
신호등이 없었던 그 길
상행선 서울 방향이 비어 있을 찰나에
횡계 방면
용평스키장을 향해 좌회전!
젊은 시간의 무사통과

핑크슬로프를 S자로 지그재그 혹은 활강으로
즐겨 타고 내려왔던 스키 장비
모두 내다 버렸다
낡아 버린 시간
쓸쓸함과 애석함의 무게
애지중지 마음결 핏줄의 찬란함까지

헐렁해진 마음자리에서 오르골 모양
알프스의 요들이 흘러나온다
시간은 많이도 낡았다
낡았을 뿐, 덧칠은 하지 않는다
시간의 푸른 보석 하나
암체어에 앉아 있다, 점잖게

샤투의 다리, 모리스 드 블라맹크

수초들 두런거림 속
장난꾸러기 치어들,
점등의 시간을 기다려
금어초는 부활을 꿈꾼다

하루살이 점점이 눈같이 새하얗다
말없음표 점점이 허공에 흐느낀다

습기찬 바람 목덜미에 두르고
이태준 소설가의 잃어버린 그 하루를
천년처럼 살고저

아무렴, 시의 부조리한 이름으로
무거운 등골백팩 책가방을 열어
어리석음을 비춰 볼
손거울을 꺼낸다

독도, 정일영

눈 속에 꽃 피우는 매화나무처럼

대나무 올곧은 죽순 열매처럼

마알간 얼굴 그대 서 있는 그곳

대한민국

경상북도 울릉군 울릉읍 독도안용복길 3

태평양 위 고독한 나의 형제여

나 그대의 수호천사로 살고 있소

천년만년 머언 그리움으로

살고 또 살으리오

마음, 앙리 마티스

너는 잔설로 내 마음에
너는 달무리로 내 가슴에

어린 왕자를 따라간 거니
용래 형님과 함께 있는 거니

어느 날 문득 너의 빈 자리
수줍어 피다 만 연분홍 연보라

주름진 얼굴, 리시안서스
하늘 땅 위 영원의 다른 이름

삶의 기쁨, 앙드레 브라질리에

황금일향 꽃대
나의 생일을 기억하고 말하는 꽃

향기는
첫눈으로 내 마음에 나려와 쌓인다

노래는
숫눈으로 내 가슴을 적시며 울린다

황금빛 복륜
노오란 그늘

황금일향 첫 꽃대
내 푸른영혼의 심장

4부

하정賀正, 한인현

웃음,
캔버스 위에서 끓다
눈동자 크게 열어
눈빛으로 감통하는 사이
가만, 가만히 웃는 사이

삼 더하기 삼은 삼백
삼백이 삼억도 되는 품
인자의 미소
평화의 광장이요
자유의 바다

지필묵
그 향에 더해지는 사람 내음
사람 향내
견고한 캔버스
정축원단丁丑元旦

푸른 누드, 앙리 마티스

노래한다
파랑, 차가운 이성理性으로
노래한다
알 속의 노란빛 따뜻함으로
노래 노래
그 노래가 잉태한 울음소리
울음 빛깔로 켜지는 청동램프
속울음
환하게 불을 켜는 밤
청색 물색,
꽃들은 피어나 피어나서
조요한 밤
등 푸른 밤

6월 소낭구, 김경인
―2005. 12. 학고재

소나무 형제 손 잡고 서 있다
정다운 그 푸르름 속
선우경식
요셉의원 원장님의 얼굴이 보인다

장애물이 장애가 되지 않음을 안다
마장마술 경기에서처럼
더 높이 치고 올라가
안전하게 착지하는 일

든든하게 받쳐주시는 하늘을 믿사옵고
쪽방촌의 환자들과
신분증이 없어 거리로 내몰린 사람들과
친구로 살아가는 길

나성룡과 이대로의 관계와도 같아라
모람 같은 눈동자로 말을 하고
햇볕과도 같은
웃음으로 인사를 나누고

신앙은 삶이어라
대한민국 서울의 슈바이처라

하얀 깃털 물새도 종종종
좁은 길 간다

첫눈, 앙드레 브라질리에

밤사이
말발굽 소리 들리지 않았다

설중매
봉오리 열락悅樂도 못 들었거니

새파랗게 일어서 뛰어다녀라
첫눈

하얗게 하얗게 부서지거라
숫눈

기억의 지속, 살바도르 달리

수은등 그림자
층계를 밟고 내려선다

은쟁반에 아침을 고이 담아
엎드려 헌납하는 이 시간
성당의 종소리
굽은 길 곧게 곧게 펴나간다

싸움이 몰고 오는 파괴
파괴가 거느리는 이간, 분열, 교란을 향해
종소리가 일직선으로
방사상으로 가 닿는 길

살바도르 달리의 시간이 춤춘다
아침이 오후가 이방의 저녁이
자유와 그 자유가 가리키는 평화를 위하여
인간애를 위하여
예술을 위하여 축배!

라벨이 기지개를 켜며 달려온다
'어릿광대의 아침 노래'

우주를 향하여, 문신

그림자와 빛살
부들부채에 바람을 실어 날리고 있습니까
서늘하게 청소를 하십니까
금과옥조를 위한 아흔아홉 번의 담금질
하늘 아래
만물의 형상과 관념
눈에 넣어도 짓무르지 않을 추상
허무까지도 반질반질 윤이 나게 하십니까

거울이런만, 눈부처여
또 하나의 거울을 만납니다
이름하여 우주
인류의 과거사와 미래사가 충돌하는 지점
그 교차로에서 다만,
지구를 둥글게 둥글게 밀고 가십니까
유연하나 질긴 목숨줄로
한 세기를 앞장서 가십니까

크로스오버 응축된 에너지
스테인리스 스틸 조각상
하하하 웃음 터트리는 청천 대낮입니다
어디 계세요?

펼쳐놓은 성경과 촛대 소설책이 있는 정물, 빈센트 반 고흐

베드로와 그의 형제들
그물을 내동댕이치고
학문을 발아래 가두고
가족을 버려야 한다, 끝내
나 자신을 부인해야 산다
도깨비불 같은 세상 욕망 덩어리
거꾸로 살아야 사는 것이다

어제의 달무리가
오늘 이 아침
빗방울을 불러 모으고 있다
마른 호수에 물길을 대는 빗줄기
가장 낮은 곳에서
아주 높은 곳으로 흘러 흘러가리니
가는 길에 모난 돌도
미카엘 대천사도 만나리니
이 또한 십자가
비밀의 묘한 인생 여정

붉은 맨드라미, 김점선

1.
망극하여라
주를 찬양하는 분홍입술 위에
성은이 이슬처럼 내려와 앉는다

2.
여왕은 홀로이 쓸쓸하다
다락 같이 치솟는 물가며
눈앞에 와
읍하는 대신들을 보고 있노라면

3.
스스로 제 몸에 불을 지핀다
자신의 붉은 심장에
가문의 문장 crest을 새긴다

말의 바다, 이제하

팔노미노는 외로워 바다를 사랑하기로 한다
흙빛 털게의 등에 올라타
거품으로 기어 다니기도 하고,
앙다문 조개야 말해보렴
네 속내도 쓸쓸함 천지지
그래 고통의 환희꽃
진주알 애써 보여주지 않는 거지
팔로미노는 푸른 파도의
성난 갈기를 사랑하기로 한다

바다를 앞세워 전기의 파장으로
갯바위를 향해 맹돌진하는 바람의 기세
끔찍한 그 바람의 희롱을 견디는 바위
팔로미노 palomino
황금빛 고운 털을 가진 말은
갯바위의 가여운 침묵을 사랑하게 되었다

북극성의 gmail이 아이폰에 도착한다

보헤미안 커피, 박이추

예멘바니마타르 커피,
페리윙클 블루
물방울이 둘러진 백자
잔에 담겨 있다
커피가 흘리는 황홀을 가만히 지켜본다
오른손으로 잔의 귀를 살며시 잡는다
왼손이 따라간다
약지와 엄지가 잔의 허리를
살부드럽게 감싸 안는다
잔의 엷은 입술에 내 입술을 포갠다

안네 소피 무터의 바이올린이 등장하고
요요마의 첼로가 지그시
바이올린을 바라보고 있는 사이
다니엘 바렌보임의 열 손가락이
그랜드 피아노 건반 위에,

베토벤 삼중 협주곡 다장조 op.56이다
예맨 모카 마타리 커피

시애틀의 보슬비, 김영호
— 2022. 04. 23.

시애틀: 벌써 꽃잎들이 지고 있어요!!
서울: 비가 오고,
　　　 한차례 센바람이 불었습니다.
　　　 산책로의 벚꽃을 보내 드립니다.
시애틀: 오늘은 비가 내립니다.
　　　　 차 한잔 마시며 서울 생각하고 있어요.
　　　　 빗줄기 유리창 동영상 보내드립니다.
서울: 그래도 벚꽃잎들 충분히 남아 있군요.
　　　 시애틀의 빗줄기 대단합니다.
시애틀: 네, 분홍빛 수줍은 처녀 같습니다.
서울: 오, 그리운 아메리카!
시애틀: 시애틀은 비의 천국이지요.
　　　　 220일 보슬비가 내린답니다.
　　　　 암벽 등반 동영상 보내 드립니다.
서울: 비의 천국에서 만수무강!
　　　 -내 생전에 여호와의 집에 거하여
　　　 여호와의 아름다움을 앙망하며
　　　 그 전에서 사모하게 하실 것이라
　　　 여호와께서 환란 날에 나를 그 초막 속에
　　　 비밀히 지키시고
　　　 그 장막 은밀한 곳에 나를 숨기시며
　　　 바위 위에 높이 두시리로다-
　　　　 — 성경 시편 27장 4절~5절

5부

점심, 클로드 모네

　　　　　―나는 여기서 내가 사랑하는 모든 것들에 둘러싸여 있다네.
　　　　저녁이 되면 사랑하는 가족들이 따뜻한 불을 피워 놓고 기다
　　　　리는 작은 집으로 돌아간다네―

　　　　　　　　　　　　　　　　　　　　　　　　　― 모네

창세의 빛과 내음 그윽한
아르장퇴유 정원
새들의 헛소리 음절 마디마디에서
시냇물 흘러가는 소리, 경쾌한 가락

비탄성 산란의 빛이
현관 문고리에서 쟁쟁이쟁 노래하는 한낮
내 살갗위 분명한 존재의 빛!
나와 함께 하시는 절대자

사랑하는 나의 첫아들 장
내 사랑의 이름 까미유
잘 생긴 아들과
착한 당신을 위해 기도한다

나의 기도문이
은 대접에 담겨 하늘에 올라가 닿기를,
-내가 어찌 그리 주의 법도를 사랑하는지요.
-행복한 가정은 미리 누리는 천국

공간을 향하여, 신성희

압생트 그리움 한 모금
당신 보고 싶다는 내 몸의 신호
쓰고 또 하염없이 쓰다
쑥 물빛으로 연하게 물드는 얼굴

입술은 쑥 향기로 달싹인다
첫 말씀을 찢고
매듭을 짓고 다시 풀어내고 꿰매고
빛과 그늘이 바늘귀를 통과한다

하늘의 궁전과 생지옥을
가을 겨울 봄
열매가 익어가는 여름 나라를
나무실패에 감는다

가슴 안에 우주를 설계하는 일
천국에서 우리가 살 집을 건축하는 일
영원한 생명의 공간
눈물 그렁그렁 한 집

내 노래의 발자취
그 파노라마

나를 온전히
당신에게 선물한다

연인, 르네 마그리트

황홀을 분사한다

치사량에 이르는 독毒

하루를 온전히

감옥에 갇힌들 어떠하리

백 년을 좋게

그대

잊고 살 수 있다면

COVID-19 Virus

초대장도 없이
대문의 빗장은 어떻게 풀었습니까
시끌벅적한 장터에나 가 노실 일이지
고요한 이 땅에 짐짓 오시다니요

물리치지 마라, 얕보지는 더욱 마라
북 치고 장구 치고 꽹과리 두드리며
실컷 노닐다가 진저리치며 떠날테니
천대하지 말라니요

천연두와는 어떤 사이인가요
흑사병과는 또 몇 촌 간입니까
당신은 알 수 없는 당신은
발 하나를 슬쩍 이 땅에 들여놓고

살갑게 친한 척 하시는군요
그래요,
있는 듯 없는 듯
잘 살아 볼 거요

엉겅퀴꽃, 윤후명

파란의 자색 미인

햇살이 붉어질 때를 기다려
농염하게 물들죠
마지막 한 줌의 햇살
산 아랫마을로 잦아들면
그때가 바로 꽃불의 시간
저 길 끝의 어둑서니
청보라로 둥둥둥 떠다니고
가시가 일러주는
그 길을
가만히 따라가죠

칵테일 미모자

겁도 없이
하늘을 푸르게 푸르게 밀고 올라간다
암초록의 군단 속
화려한 색옷의 여인들
그 한가운데
두 귀가 잘 생긴 양치기 소년

-괜찮아요?
내 어깨에 닿은 커다란 손,
손 탄 미모사 인양 떨고 있다
입술을 지그시 깨물며
마음에 분홍물 들인다

푸에르토리코 열대우림
정글 속에서
마침내
양치기 소년의 포로가 된다

칵테일 미모자 한 잔
내 새파란 시간에 바치는 이유다

생명의 노래, 김병종

돔 페리뇽 Dom Perignon을 마셔 볼까요
유리잔 안에서
폭발하고 또 폭발하는
샤토 무통 로칠드 포이약도 괜찮죠

황금총알이
젖꼭지가 셋인 그 사내
스카라망가의 가슴을 관통하는
숨막히는 그 찰나에도
제임스 본드를 기다리는 마음
적확히 말하면
로저 무어를 보고 싶은 간절한 마음

어제는 조수석에 앉아
본드와 한 몸으로 360도 공중회전 했죠!

1934년산 무통 Mouton
코르크 마개를 돌려 볼까요
007 메리 굿나잇 요원!

외금강 삼선암 추색, 변관식

무장한 가을
풍악을 울리며 선전포고를 한다

봉래산 골짜기에 박격포
포탄이 떨어지기 시작한다
쾅! 쾅! 쾅크르르르 쾅! 쾅!

점령군에 쫓기는 패잔병
서둘러 파랑을 벗어 던진다

봉래산
왼발을 먼저
가을 바짓가랑이에 흘깃 집어넣는다

검은 사각형, 카지미르 말레비치

너무 오래 앉아 있었다
한기가 살을 뚫고 내장까지
어서 일어나,
무섭도록 서러운 말
머리는 끄덕이는데
따스했던 나무벤치도 시려 오는데
푸른영혼,
그대는 어디로 가고 싶은가

하산 길에 웬
종이배가 하얗게 앞을 막아선다
강을 만나지 못했구나
벌써 바다에 이르러
젖은 몸 말리고 있어야 할 이 시간에
푸른영혼,
그대의 길은 어디로 통하는가

어허야,
학춤 걸음으로 산을 내려 간다

흰가리온, 이수영

사랑스런 첫 옹알이
혀를 굴려 가며 배냇짓으로
ㅗㅏ ㅓ 다시 ㅜㅠ ㅣ
역사 페이지에 기록하는 첫 발자국

매력 있는 첫 문장이다
그래도 너는 평화의 상징이고
저래도 너는 기쁨의 제곱이다
아무래도 천사는 천사이다

아라비아 숫자로는 제1이다
너는 무한대 @/leesooyoung®
겨자씨다, 노란색 꽃, 푸른 열매
너는 비로소 끝이고 시작인 몸이다

사랑스런 첫 옹알이가
산을 옮긴다
아름다운 첫 문장이
바닷물을 가르고 흙길을 드러낸다

너는 눈물방울이다

밧세바, 벤자민 빅터

어머니
우슬초를 구하서요
여호와 전, 그 은밀한 곳에
몸 하나 들일 만한
방 한 칸을 구하서요
그곳에서
영영히 숨어 사서요
여기 파랑새는 없어요

-헛되고 헛되고 헛되다!

고통은 죄의 값이련만
왕의 어머니
카파리스스피노자를 구하서요
살아계신 여호와 전에서
여호와의 아름다움을 앙망하나이다
파랑새는 여기 없어요
솔로몬 이 아들을 숨겨주서요
영영히 영영히

수풀을 헤쳐 보석을 찾는 기쁨
— 이수영 제9시집『푸른 누드, 앙리 마티스』

방민호(문학평론가, 서울대학교 국문과 교수)

1. 지극히 평화로운 '시놀이' 세계

마음의 평화는 쉽게 얻을 수 없다. 시간의 켜가 쌓일수록 명료해지는 진실. 이수영 시인의 아홉 번째 시집『푸른 누드, 앙리 마티스』는 깊은 평화를 느낄 수 있게 한다. 이 평화에 대해 먼저 생각해 보기로 한다.

이 시집은 화가들의 회화에서 얻은 영감을 시적으로 승화시킨 작품들을 수록한 것, 이 가운데, 조각가 김세중(1928. 7. 24. - 1986. 6. 24.)이 '제작'한 광화문 앞 '이순신 동상'에서 얻은 시가 한 편 '섞였다'. 김세중은 이수영 시인의 스승인 시인 김남조(1927. 9. 25. - 2023. 10. 10.)의 부군이었다.

    제자: 엄청 잘 지내고 있습니다
    스승: '엄청'? 그 말 좋은 말이군요.
          시를 지으면 좋겠네.
          그래, 어떻게 엄청 잘 지내고 있는가?
    제자: 잘 먹고, 잘 자고, 잘 놀고 있습니다.

시놀이도 재미있게 하면서요.
밥이 엄청 맛있어요 미술관에 가고요.
자동차 시집과 음악 시집을 냈으니,
그림 시집도 한 권 엮으려고 준비하고 있습니다.
며칠 전에는 발레 호두까기 인형을 또 보았어요.
그리고 음- 선생님 생각도 하면서요- 눈물 납니다.
스승: 이제 나는 병들고 아픈 몸.
그래 제자들은 다 제 자리에서 잘 있어야지. 잘 지내야지.
그래야지- '엄청' 이 말로 시를 지어봐야겠다.
이수영 시인도 시를 지어 봐요-

충무공 이순신 장군께서 수염을 만지시며 빙그레 웃음을 지으셨다.
　　　　　　　　　　　—「충무공 이순신 장군상, 김세중—2023. 01. 03.」, 전문

　이 시인의 감칠맛 나는 말 부리는 솜씨는 이 시가 보증한다. 희곡적인 장면 구성 방식을 취한 것이라든가, 대화의 앞부분을 툭 잘라내고, 밑도 끝도 없이, 거두절미, "엄청 잘 지내고 있습니다."라고 시작한 것. 개성적인 시 창작법의 한 사례를 보였다. 나이든 스승도 제자의 '과장법'에 기대 이상으로 잘 호응해 주셨고, 도대체 "엄청" 잘 지낸다는 게 뭐냐고 묻는 그 말씀에, 제자의 대답이 다시 한번 '엄청' 인상적이다. "잘 먹고, 잘 자고, 잘 놀고 있습니다. / 시놀이도 재미있게 하면서요. / 밥이 엄청 맛있어요 미술관에 가고요. / 자동차 시집과 음악 시집을 냈으니, 그림 시집도 한 권 엮으려고 준비하고 있습니다. / ……" 이 시행들은 풀어서 해석할 것도 '없다'. 이수영 시인, 곧 이 시 속의 제자는 스승에게 잘 먹고 잘 자고 잘 놀고 있다고 말씀드리면서, 이 잘 논다는 것에 "시놀이"도 재미있게 하고 있다고 덧붙여 드린다. 놀이는 본디 아이들의 것이다. "시놀이"는 '어른-아이'가 벌이는 일이다.
　이 '어른-아이'의 놀이에 대해서는 그런데 오래된 논의의 역사가 있다. 『짜라투스트라는 이렇게 말했다』에서 니체는 인간은 '낙타'에서 '사자'로, 다시

'아이'로 나아가야 한다고 했는데, 이때 이 '아이'는 '사자'보다도 '진화된' 존재의 상징이다. '낙타'가 자신에게 주어진 짐을 묵묵히 감내해야 하는 인간의 노예적 상태를 가리킨다면 '사자'는 이를 딛고 일어선 자립적 인간, 운명의 굴레를 떨쳐버린 주인된 존재를 가리킨다. 그런데 이 '사자'조차도 인간 정신의 세 번째 단계라 할 '아이'보다는 덜 '진화'된 것이다. 아이는 진정으로 자유로운 인간이며, 낡은 인식과 관습에서 자유로운 자다. "어린아이는 망각이며 새로운 시작이며 유희라고도 할 수 있다. 또 저절로 돌아가는 수레바퀴며 최초의 운동이요 신성한 긍정이다."(김정진 역, 『짜라투스트라는 이렇게 말했다』, 올재, 2012, 33쪽) 'das Spiel'의 번역은 '유희'라고도 '놀이'라고도 할 수 있다.

이수영 시인이 니체 철학을 '뗐다고' 말할 수는 없을 것이다. 하지만 위의 시에 등장하는 "시놀이"는 그가 시 창작을 어떻게 해나가는가를 말해준다. 이 시인의 시 창작은 '도'를 닦는 것과도 다르고 투쟁도 아니다. 또 그것은 저 1990년대 전반기에 나타난, 언어를 가지고 논다는 '문학주의'와도 다르다. 투쟁은 전혀 아니지만, 그의 "시놀이"는 어느 면에서는 '도'를 닦는 일로 통할 수도 있으면서 또 그것만도 아니다. 그것은 깨달음의 표현이라기보다 자기 바깥의 존재들, 사람과 물상의 의미를 '길어 올리는', '잡아채는' 일에 가깝다. "시놀이"를 하는 '어른-아이' 시인 이수영은 자기를 비운다며 자칫 무거움에 사로잡히는 '도'에서 벗어나 그 자신을 가볍게 비워 자기 아닌 대상들에 관심을 쏟는다.

2.

위에서와 같이 첫 챕터를 써놓고 깜빡, 하는 사이에 자그마치 석 주나 흘러갔다. 작정해 놓았던 이야기들이 하얗게 세탁해 놓은 빨래처럼 지워져 버렸다.

이번 시집 『푸른 누드, 앙리 마티스』는 『안단테 자동차』(2019), 『미르테의 꽃,

슈만』(2021)에 이어지는 삼부작의 마지막 시집이다. 시인이 '시인의 말'에서 이렇게 썼다. "이제 비로소 삼각형이 완성되었다고 말할 수 있겠다. / 한 변의 이름은 『안단테 자동차』, 다른 변의 이름은 『미르테의 꽃, 슈만』, 마지막 남은 변을 『푸른 누드, 앙리 마티스』라 이름 짓는다." 『안단테 자동차』는 자동차를 '노래'했고, 『미르테의 꽃, 슈만』은 음악, 악곡들에 관한 '노래'들이다. 마지막, 이 『푸른 누드, 앙리 마티스』는 거의 대부분 그림들에 관한 '노래'다.

　이 세 개의 연작들을 그치지 않고 써나간 시인의 끈질김, 항상성에 먼저 경의를 보내면서 이 연작들을 산출하는 시인의 '창작방법'을 먼저 살펴야 할 것 같다.

　"차도의 주인공인 자동차들, 나는 그 하나하나에 눈을 맞추고, 탄성을 발하며 특별한 인사를 하기도 하고, 각기 가지고 있는 특유의 감성과 역사를 읽어내려 집중한다. 나름대로 나는 자동차와 교감을 나누고 대화를 하는 것이다. 그리하여 그로부터 연상되는 어떤 이미지나 그와 같이 생긴 어떤 한 사람을 위하여 시를 쓰곤 한다." 이는 『안단테 자동차』의 '시인의 말' 일부다. 여기서 필자는 어떤 하나의 구체적인 자동차들, 사람들에 집중하는 시인의 시선을 발견한다. 시인은 자동차들이 "각기 가지고 있는 특유의 감성과 역사를 읽어내려 집중"한다고 했다. 또 "그로부터 연상되는 어떤 이미지나 그와 같이 생긴 어떤 한 사람을 위하여" 시를 쓴다고 했다. 『미르테의 꽃, 슈만』의 '시인의 말'에서는 다음과 같은 문장이 보인다. "당신이 있어 내가 존재한다. 울퉁불퉁 모자람도 따뜻한 마음으로 안아주시는 당신, 고마워요! 사랑해요! 이 작은 정성을 부디 받아주옵시기를 소망한다." 이 문장의 문체가 독특하다. 여기 이 "당신"은 어떻게 보면 절대적인 존재, 신과 같은 간구의 대상처럼 보인다. 그런데, 그를 향해 시인은 자신의 "작은 정성을 부디 받아주옵시기를"이라고 하여 한껏 절대자에의 소망을 말하는 듯하다가, 갑자기, 이 문장 끝을 "소망한다"라는 것으로 끝낸다. 앞뒤가 잘 호응하지 않는 이 문장법에서 절대적인 존재로서의 "당신"은 또한 동시에 인격적 존재로서의 "당신"이 되기도 한다. "울퉁불퉁 모자람도 따뜻한 마음으로 안아주시는 당신"은 절대적인 존재이자 동시에 인격적인 존재다. 어떻게 이런 '형용모순'이 가능할까? 인격적 존재 속에서 절대성, 영원성을 발견할 경우, 존재하는 이들, 존재하는 것들의 의미는 오히려 이런 형용모순을 통하여서만 제대로 이해될 수 있지 않을까 한다. 우리는 지금 시인의 세 연작 시집의 창작방법을 찾고 있는 중인데, 시인의 산문 가운데 이런 대목이 눈에 띈다. "사람은 솔직해야 함이 기본이고, 천지만물에 겸손한 마음을 가져야 한다. 즉 자랑할 것이 없어야 한다. 그러므로 고마운 마음을 항상 가져야 함이 지당하고, 특히 사람을 대할 때는 그가 누구일지라도 그에게 지극정성을 다해야 한다."(이수영, 「언어의 순화, 가정과 문학인이 앞장서야 한다.) "천지만물에 겸손"해야 하고 "사람"에 "지극정성을 다해야 한다"는 대목이 아주 인상적이다. 조부님의 가르치심이라 했는데, 여기서 필자는 구체적인 개별개별의 존재들, 사람들에 대한, 시인의 집중하는 힘의 원천을 발견한 듯하다.

개별의 존재들, 사람들에 대한 "겸손", "지극정성", 구체적인 물상으로서의 그림과 조각 하나하나, 그리고 이에 관련된 사람 각각에 대한 사랑, 그로써 그들 속에 깃든 영원과 절대의 발견 같은 것이 이수영 시인의 이들 연작 시집들, 각각의 시들의 창작방법임을 알 수 있다. 이번 시집『푸른 누드, 앙리 마티스』에서 그 하나의 사례를 찾아보도록 한다.

　　홀로 있는 아담 외로워
　　맞은 편에
　　신부 하와를 세우셨습니다

　　두 귀가 밝음도 죄입니다
　　말짱한 분홍 입술로
　　한 입 죄를 물었습니다

야훼께서 근심하시며
가족을 선물하셨습니다
아담의 잘생긴 잔에 사랑이 넘치옵니다

금붕어가 물속에서 숨 쉬며 살 듯
카인의 후예들은 죄 가운데 살면서
죄를 밥처럼 먹고
죄를 물처럼 마시며 살고 있습니다

두 귀가 밝음도 죄입니다
두 눈이 밝음도 죄입니다

　　　　　　　　—「백자 양이兩耳잔, 조선 15세기」, 전문

　이 시는 조선백자의 하나인 '양이잔'을 노래한 것이다. '양이잔'이란 이름은 양쪽 손잡이가 귀처럼 생겨 붙여진 이름일 것이다. 양이잔은 술 따위를 따르는 도구였을 텐데, 생김새에는 약간씩의 차이가 있지만 분명한 것은 잔에 두 개의 '귀'가 달린 점이다. 이 양이잔을, 시인은 기독교적인 맥락에서 새롭게 노래한다. 양이잔의 두 귀는 여기서 "아담"과 "하와"로 표현된다. 어째서 양이잔에 아담과 이브의 이야기가 실리고 또 그로써 카인의 "죄"까지 얹히게 되는가는 시인의 기독교적 세계관에까지 소급될 것이다. 시인은 조선시대 사람들의 삶의 도구였던 양이잔을 바라보며 거기서 농경민족의 삶과 술에 얽힌 사연을 생각했을 것이다. 시대를 격하여 오늘에까지 살아남은 양이잔은 "카인의 후예"들의 삶을, 그리하여 그 삶이 빚어내는 "죄"를 생각한다. 흰 양이잔의 "두 귀"가 유난히 "밝"은 것 같다. 또 그 "두 눈"도 밝은 것만 같다. 환한 귀와 눈으로 사람들의 "죄"를 바라보는 양이잔에 "카인의 후예들"의 "죄"가 비쳐난다. 들지 말아야 할 것을 듣고, 보지 말아야 할 것을 볼 때, 우리는 '죄스러움'을 느낀다. 이 시의 마지막 연, 행에 이르렀을 때, 양이잔은 어느새 시인 화자 자신과도 같은 의미를 띠게 되는 듯하다.

양이잔이라는 대상에의 집중, 그 속에서 사람살이의 '죄'를 읽어내는, 신 앞에서의 겸허, 시집『푸른 누드, 앙리 마티스』의 창작방법의 한 모습이다.

3.

이번의『푸른 누드, 앙리 마티스』는 연작의 두 번째였던『미르테의 꽃, 슈만』에 비하면 전달력이 한결 높아 보인다. 그 이유는 비교적 간단명료하다. 먼저, '언어'의 문제. 음악, 악곡이 추상적인 '언어'의 세계라면 그림과 조각은 그에 비하면 훨씬 더 조형적인, 구체적인 '언어'의 세계이며, 이 점에서 언어예술의 정화 가운데 하나인 '시'의 언어에 '직접' 연결 가능하다. 산문 곧, 소설에 비하면 시는 음악의 추상성 쪽에 가깝게 존재하지만 여전히 구체적인 형상의 언어로서의 속성을 간직한다.『푸른 누드, 앙리 마티스』는 '그림'과 '시'라는 구체적인 형상의 '언어'를 유기적으로 연결하여 그 의미를 상호 보족하도록 해준다. 하나의 '언어'에 대해 부족한 상상력을 다른 하나의 '언어'로 보충할 수 있다.

다른 하나는, 이 시집이 다루는 그림들 상당수가 우리가 익히 아는 화가들의 작품이라는 점이다. 예를 들어 다음과 같은 작품 이름들, 화가 이름들은 필자로 하여금 이 시집에 선뜻 친화감을 느낄 수 있도록 한다.「모나리자, 레오나르도 다 빈치」,「누워 있는 시인, 마르크 샤갈」,「여인 램프, 피카소」,「빈센트의 의자, 빈센트 반 고흐」,「흰색 위의 흰색, 카지미르 말레비치」,「두 여자, 박수근」,「부부, 이중섭」,「가족도, 이만익」,「생명의 나무, 구스타프 클림트」,「수태고지, 산드로 보티첼리」,「고갱의 의자, 빈센트 반 고흐」,「기억의 지속, 살바도르 달리」,「펼쳐진 성경과 촛대 소설책이 있는 정물, 빈센트 반 고흐」,「연인, 르네 마그리트」,「엉겅퀴꽃, 윤후명」,「외금강 삼선암 추색, 변관식」,「검은 사각형, 카지미르 말레비치」…… 등등. 이 시들은 필자로 하여금 그림을 연상하고 그림을 그린 화가의 모습이나 생애를 생각하며 시를 읽을

수 있도록 한다. 나아가, 시인이 이 작품들에서 느낀 것과 필자 자신이 느낀
것을 견주어볼 수 있게 한다. 그 하나의 예를 들어 생각해 본다.

> 차준환
> 그의 여덟 살을 본 적 있다
> 엉덩방아를 찧어도 고꾸라져도
> 무슨 일 있었어?
> 금세 일어나 내달리고 뛰어오르고
> 다음의 춤사위로 도약하던 일
> 그 어린 영혼의 세련된
> 천진성의 평화
> (나의 자주색 피겨스케이트도 그랬다)
>
> 그 상처들,
> 2022년 동계올림픽 베이징에서
> 4회전 살코 점프를 성공시킨 힘이다
> 나비처럼 날아서
> 이나 바우어 Ina Bauer
>
> 긴 다리와 다리 사이로
> 카이로스의 강물이 흘러간다
> 긴 팔과 팔 사이에
> 구원의 시간이 머물고
> 준 바우어, 피겨스케이팅
>
> ―「생명의 나무, 구스타프 클림트」, 전문

원래 그림 「생명의 나무」를 그린 구스타프 클림트는 비엔나 모더니즘의 대
표적인 화가의 한 사람이다. 필자는 일제강점기의 경성 모더니즘과 비엔나
모더니즘을 비교 연구하겠다는 '야심'을 가지고 비엔나를 두 번 찾아가 본 적

있었고, 그때 현지에서 클림트의 그림을 직접 감상할 수 있었다. 그렇다고 이 「생명의 나무」를 직접 보지는 못했지만, 대신에 벨베데레 궁전에서 「유디트」, 「키스」 같이 명성 높은 작품들을 만났고, 또 그의 제자 에곤 실레의 명성 높은 작품 「포옹」, 「죽음과 소녀」들을 만나기도 했다. 구스타프 클림트의 그림들은 화려하고 반짝이고 관능적이다. 비엔나 모더니즘은 화가들뿐 아니라 건축가들, 문학인들, 그 밖의 예술과 학문들의 상호 연계로 특징지어진다. 클림트의 「생명의 나무」는 본래는 거대한 벽화였다고 한다. 건축가 요제프 호프만이 자신이 설계한 스토클레 저택의 식당을 장식할 모자이크화를 주문함으로써 탄생한 것이다. 바로크 양식의 소용돌이 문양을 떠올리게 하는 나선형의 나뭇가지들, 거기 매달린 각종 장식물들은 유리, 산호, 자개 따위로 한껏 호사스럽게 꾸며져 있다.

그런데, 이 시에서 시인은 클림트의 「생명의 나무」를 보면서 그와 전혀 맞닿을 것 같지 않은 피겨 스케이팅 선수 차준환을 떠올린다. 세간의 평가에 따르면 이 피겨 선수의 '이나 바우어'는 "수려함과 우아함 그 자체"라고 한다. '이나 바우어'는 피겨 스케이팅의 기술 가운데 하나다. 이에 대해서는 백과사전 설명을 인용해 본다. "피겨 스케이팅의 연결 요소"다. "이나 바우어는 발레에서의 4번 포지션에서 따온 기술이며, 발레에서는 이를 캄브레Cambre라고 부른다. 이나 바우어라는 명칭은 이 기술을 피겨 스케이팅에서 처음 사용한 독일의 여자 피겨 스케이터의 이름에서 따온 것이다." 아직 무엇을 말하는지 모르겠다. 좀 더 설명을 들어본다. "앞에 놓은 다리는 굽히고 뒤에 놓은 다리는 펴서 두 발의 스케이트 날을 평행하게 만든 상태로 빙판을 활주하는 연결 요소"다. 이제 무엇인지 알 것 같다. 김연아 선수의 이나 바우어도 훌륭했던 것 같은데, 어느 사이에 차준환 선수가 등장해서 "준 바우어"라는 별명이 붙을 정도로 아름다운 연기를 펼치고 있다. 클림트의 「생명의 나무」의 넝쿨 무늬 같은 나뭇가지들과 차준환의 '준 바우어'는 그 모습, 형태에서 과연 통하는 것도 같다. "긴 다리와 다리 사이로 / 카이로스의 강물이 흘러"가는 것도 같다. "긴 팔과 팔 사이에 / 구원의 시간이 머"무는 것도 같다.

　여기서 "카이로스의 강물"이라는 시구에 관심이 간다. 흔히 '카이로스'란 '크로노스'와 달리 객관적, 정량적인 물리적 시간이 아니라, 주관적, 정성적인 특별한 시간을 의미한다고들 한다. 둘 다 그리스어지만 하나는 "모두에게 동일하게 적용되는 시간"을, 다른 하나는 "사람들에게 각기 다른 의미로 적용되는", "무엇인가 발생하게 하는 창조적 시간"을 의미한다는 것이다. 그런데 만족스럽지는 않아서 좀 더 찾아보면 기독교적인 맥락에서 다음과 같은 해석이 보인다.

카이로스의 시간은 표면적으로는 "때, 시간, 기간, 기회" 등으로 번역되며 크로노스와 형식면에서도 유사하게 보이기도 한다. 하지만 카이로스는 엄밀히 말해서 크로노스에 의해서 의미가 부여되는 특별한 시간, 순간을 말한다. 그러면 신약성경에서는 어느 때 카이로스의 시간을 쓰고 있는지 보자. 마가복음 1:15에는 예수님의 첫 번째 선포를 "때가 찼고 하나님의 나라가 가까이 왔으니 회개하고 복음을 믿으라."고 기록하고 있다. 여기서 '때'로 번역된 카이로스는 크로노스의 어느 때를 말하지 않는다. 그것은 결정적인 순간 momentum을 말하는 것이다. 따라서 신약성경에서의 카이로스는 종말론적 시간을 말한다. 하나님의 구원의 시간이 세속의 시간으로 틈입한 순간을 표현

하는 말이며, 동시에 종말의 완성을 향해 가는 파루시아와 심판의 시간을 말하기도 한다.(김영인,「순간에서 영원으로-크로노스와 카이로스」,『활천』ㅍ758, 2017. 1, 120쪽)

그러니까 카이로스의 시간은 "결정적인 순간", 곧 구원의 시간이다. 이수영 시인이 클림트의「생명의 나무」에서 차준환의 '이나 바우어'를 '읽고', 그리고 그 한없이 아름다운, 수려하고 아름다운 연기의 시간을 "카이로스의 강물"이 흐르는 것으로 '읽은' 것은 '그림-시'를 통한 구원의 추구 외에 다른 것 아닐 것이다.

4.

아름다운 시를 읽으며, 그로써 또한 아름다운 그림을 생각하며, 시인의 마음 세계를 가늠해 보는 것은 뜻깊은 공감의 과정이라 하지 않을 수 없다. 시들을 대할 때마다 필자는, 너무나 빈약하지만, 시의 대상이 된 그림과 화가들에 대한 나의 머릿속 생각을 떠올리며 새로운 감각과 정서를 하나씩 더해 나간다. 모르는 그림, 화가들을 위해서는 구글 이미지가 준비되어 있으니 당황할 것도 없다.「작은 집, 로렌 해리스」,「푸른색의 화산, 앙드레 브라질리에」,「폭포, 에릭 오어」,「자화상, 엘리자베스 소피 쉐롱」,「사랑의 노래, 조르조 데 키리코」,「샤투의 다리, 모리스 드 블라맹크」,「마음, 앙리 마티스」,「푸른 누드, 앙리 마티스」,「붉은 맨드라미, 김점선」,「연인, 르네 마그리트」,「밧세바, 벤자민 빅터」……. 필자는 마티스에 대해서는 잘 몰랐던 모양이다. 키리코는 이번에서야 이름과 그림을 연결시킬 수 있게 된다. 동시대의 화가들, 한국 화가들은 더 몰랐던 것을 깨우쳤다.

이수영 시인의 '안내'를 따라 시집 이곳저곳을 둘러보며 시 속의 그림, 그림

속의 마음을 헤매어 다니는 마음의 호사 끝에 필자는 이윽고 고흐와 변시지와 보티첼리로 돌아온다. 이들에게는 나의 그림에 대한 감상이 강렬하게 남아 있기 때문이다. 이수영 시인 또한 고흐에 대해「빈센트의 의자, 빈센트 반 고흐」,「고갱의 의자, 빈센트 반 고흐」,「펼쳐진 성경과 촛대 소설책이 있는 정물, 빈센트 반 고흐」의 세 편을 쓴 것을 보면 그에 대한 감정이 얕았던 것만은 아니었을 것이다. 이 가운데 세 번째 '고흐'를 살펴 보기로 한다.

베드로와 그의 형제들
그물을 내동댕이치고
학문을 발아래 가두고
가족을 버려야 한다, 끝내

나 자신을 부인해야 산다
도깨비불 같은 세상 욕망 덩어리
거꾸로 살아야 사는 것이다

어제의 달무리가
오늘 이 아침
빗방울을 불러 모으고 있다
마른 호수에 물길을 대는 빗줄기
가장 낮은 곳에서
아주 높은 곳으로 흘러 흘러가리니
가는 길에 모난 돌도
미카엘 대천사도 만나리니
이 또한 십자가
비밀의 묘한 인생 여정
　　　—「펼쳐진 성경과 촛대 소설책이 있는 정물, 빈센트 반 고흐」, 전문

　　이 시에 나타나는 정물화는 고흐가 아버지가 돌아가신 후 그린 것이었다. 그림 한가운데 펼쳐진 성경책은 아버지가 지니고 계시던 것이며, 그 앞에 놓인 '레몬빛' 작은 책은 에밀졸라의 『삶의 기쁨』이었다는 것이다. 아버지의 죽음과 '삶의 기쁨'은 무척이나 대조적이다. 생전의 고흐의 아버지는 엄격하고 보수적이었다고 하는데, 이는 『삶의 기쁨』의 주인공 폴린의 삶의 추구와는 상반된 것이었다. 작중 주인공 폴린은 고통스러운 삶을 기쁨으로 충만하게 하려는 의지를 가진 여성이었다. 아버지의 성경과 에밀 졸라의 소설을 한 곳에 놓은 고흐의 이 그림은 삶을 대하는 두 개의 상반된 태도, 또는 삶의 두 가지 속성의 병존을 보여주는 일종의 '알레고리'였다고도 생각된다. 이수영 시인은 이 그림에 바친 시를 통해 "그물을", "학문을", "가족을" 버리고 끝내 "나 자신마저" "부인"할 수 있었던 베드로와 그의 형제 안드레 등의 삶의 의미를, 그 태도를 생각한다. 삶을 어떻게 살아가야 할 것인가를 생각한다. 세상의 "욕망"

을 버리는 "거꾸로" 사는 삶을 생각한다. 빗물이 "낮은 곳"에서 거꾸로 "높은 곳"으로 흐르는 새로운 삶의 태도를 생각한다. 이 시에 어린 기독교적 의미망은, 그러나 단순히 기독교적인 것만도 아니다. 모든 정결한 삶, 완성되는 삶은 이러한 태도를 통해서만 얻어질 수 있다.

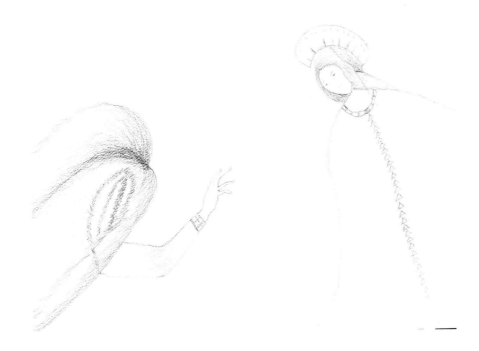

바람의 말

비밀의 열쇠
비밀의 문에 꽂힌다
사람은 결코 해독 불가한
상형문자
그물에 걸려 날생선처럼 팔딱거린다

아름다운 이 세상 건너기 위한
영생의 그물
십자가 인류의 숫자만큼 촘촘한 그물
태초부터 그 자리에 있었다
십자가 그물

천지개벽 아니다
너와 나
우리를 위한 그물
부활의 그물
야훼의 꽃그물

　　　　　　　　　　　—「수태고지, 산드로 보티첼리」, 전문

　이 시는 산드로 보티첼리의 명화 「수태고지」에 바쳐진 것이다. '수태고지受胎告知'란 대천사 가브리엘이 성모 마리아에게 예수를 잉태할 것을 알려준 사건을 가리킨다. 그야말로 '수태'를 '고지'해 준 사건인 것이다. 가톨릭에서는 성모영보聖母領報, 동방정교회에서는 성모희보聖母喜報라고도 한다. 이와 관련하여 필자는 하나의 인상적인 논문을 떠올린다. 젊은 연구자 전세진 『정지용 시집』(1935)의 표지화가 프라 안젤리코의 명화 「수태고지」로 장식되어 있는데 주목하여, 예수의 탄생이라는, 육화 incarnation의 신비와 정지용 시의 창작방법을 흥미진진하게 연결시켰던 것이다.(전세진,「정지용 시에 나타난 육화적 이미지 연구」, 서울대석사학위논문, 2017) 이러한 '수태고지'가 보티첼리나 안젤리코 같은 화가들에 의해 즐겨 그려진 것은 절대자의 뜻을 알리는 말씀의 신비를 나타내기에 '수태고지'만큼 선호된 사건도 없었기 때문이었다. 이수영 시인은 바로 이 '수태고지'의 사건을 "바람의 말", "결코 해독 불가한 / 상형문자"로 표현한다. 사람은 이 "그물에 걸려 날생선처럼 팔딱"거리는 존재일 뿐이다. '수태고지'의 비밀스러운 말씀, 해독할 수 없는 신의神意를 직관할 수 있을 때, 비로소, 이 가련한 존재, 사람은 "영생"의, "부활"의 "그물"에 낚여 올려질 수 있다.

이수영 시인의 시들은 이렇듯 화가의 그림에 담긴 은밀한 뜻을 자신의 삶의 체험과 감각과 사유로써 건져 올리며, 이를 읽는 사람들로 하여금 넓고 깊은 의미의 세계로 끌어들인다. 이 초대에는 부드럽고 어떤 말하기 힘든 '우수'와 함께 '격조'가 스며 있다.

필자는 이 '그림-시'들의 수풀을 헤쳐가며, 이 시인이 그림의 '원석'에서 세심하게 가공해낸 시의 보석을 찾아낸다. 이 보석이란 곧 영혼의 정화 그것일 것이다. 이 '채굴'의 과정은 필자 자신의 경험이 함께 개입하는 독해 과정이기에 더 큰 가치를 느끼게 될 수도 있다. 다른 독자 분들 역시 그러할 것이라 생각한다.

그 하나의 예로서, 다음의 시를 접했을 때, 필자는 이 전시회의 원주인 '변시지'를 기념하는 서귀포 미술관에 갔던 희유한 어느 오후의 감동을 떠올린다. 거기에 금빛으로 타오르는 바다와 섬과 한 마리 말과 사내가 살고 있었다.

> 빛과 바람이 초가지붕 위
> 돌담 위에 정지 간에 새파랗게 엎드려 있다
> 천둥 번개가 서로의 심장을 물어뜯는
> 한낮의 공중전, 그 찰나에도
> 어미의 뱃속에서 세상 구경 나온
> 망아지, 몇 올의 갈기가
> 하염없이 비바람을 견디고 섰다

저 앞바다엔
풍랑 속 통통배 하나
키를 잡고 사투를 벌이는 주인님
마침내 조랑망아지 눈물샘이 열린다

남루의 빛보라
입안에서 구르고 달리고
점프하는 말,
꽃으로는 환생 불가한
시대의 언어
빛의 언어, 바람

—「시대의 빛과 바람, 변시지」, 전문

　변시지는 실로 스스로 다른 시인들과 다른 사람이었다. 그를 노래하는 이 시에서도 이수영 시인은 "바람"을 노래한다. "빛과 바람"을 노래한다. 그것은 그가 늘 가슴에 안고 살아가는 높은 뜻을 지닌 존재와, 그가 내려주는 '수직'의 말씀과, 그 앞에서 한없이 겸허한 자세를 지키는 한 시인의 존재의 표상일 수도 있다.

　그런 태도가 아니고서는 『안단테 자동차』에서 『미르테의 꽃, 슈만』을 거쳐 『푸른 누드, 앙리 마티스』에 이르는 그 긴 여정을 계속해 올 수 없었을 것이다. 그 무던한 지속과 그 속에서 거듭해서 살아나는 이 시인의 사람들을 생각하며, 필자는 몇 번이고 이 시집 속으로 돌아가 보고 싶은 영혼의 끌림에 빠져드는 것이다.

이수영

서울특별시 출생. 숙명여자대학교 식품영양학과 졸업.
시집『깊은 잠에 빠진 방의 열쇠』(1994)로 활동 시작.
시집『무지개 생명부』,『안단테 자동차』,『미르테의 꽃, 슈만』등.
한국기독교문학상, 천상병시문학상, 한국시문학상, 서정시학상 등 수상.
숙명여대문학인회 회장 역임.
한국시인협회 상임위원, 한국기독교문인협회 이사장.

푸른 누드, 앙리 마티스

2025년 3월 15일 초판 1쇄 발행

지 은 이 · 이수영
펴 낸 이 · 최단아
편집교정 · 정우진
펴 낸 곳 · 도서출판 서정시학
인 쇄 소 · ㈜ 상지사
주 소 · 서울시 서초구 서초중앙로 18, 504호 (서초쌍용플래티넘)
전 화 · 02-928-7016
팩 스 · 02-922-7017
이 메 일 · lyricpoetics@gmail.com
출판등록 · 209-91-66271

ISBN 979-11-92580-54-8   03810

계좌번호: 국민 070101-04-072847 최단아(서정시학)
값 15,000원